저문 하늘 열기

서상만

경북 호미곶 출생. 1982년 월간《한국문학》신인상 당선으로 등단.
자유시집으로 『시간의 사금파리』(시학사, 2007) 『그림자를 태우다』(천년의시작, 2010) 『모래알로 울다』(서정시학, 2011) 『적소謫所』(서정시학, 2013) 『백동나비』(서정시학, 2014) 『분월포芬月浦』(황금알, 2015) 『노을 밥상』(서정시학, 2016) 『사춘思春』(책만드는집, 2017) 『늦귀』(책만드는집, 2018) 『빗방울의 노래』(책만드는집, 2019) 『월계동 풀』(책만드는집, 2020) 『그런 날 있었으면』(책만드는집, 2021) 『저문 하늘 열기』(책만드는집, 2022), 시선집으로 『푸념의 詩』(시선사, 2019), 동시집으로 『너, 정말 까불래?』(아동문예, 2013) 『꼬마 파도의 외출』(청개구리, 2014) 『할아버지, 자꾸자꾸 져줄게요』(아동문예, 2016).
월간문학상, 최계락문학상, 포항문학상, 창릉문학상, 윤동주문학상 본상 등 수상.
현 한국문인협회, 미당문학회 자문위원. 한국시인협회, 새싹회, 한국펜회원, 한국아동문학회 이사. 남부문학동인 활동 중.
전 롯데제과(주) 부산지점장(부산경남제주), 대전지점장(충청남북), 한일제관(주) 이사, 롯데칠성음료(주) 이사, 한국문인협회 감사 등을 역임.
ssm4414@hanmail.net

저문 하늘 열기

—

초판 1쇄 2022년 6월 30일
지은이 서상만
펴낸이 김영재
펴낸곳 책만드는집

—

주소 서울 마포구 양화로3길 99, 4층(04022)
전화 3142-1585·6
팩스 336-8908
전자우편 chaekjip@naver.com
출판등록 1994년 1월 13일 제10-927호

ISBN 978-89-7944-809-2 (04810)
ISBN 978-89-7944-354-7 (세트)

책 만 드 는 집 시인선 201

저문 하늘 열기

서상만 시집

책만드는집

| 시인의 말 |

그동안 詩라고 써놓은 미발표 작품들 죄다 꺼내 좀 허접스러운 것은 가차 없이 날리고 어찌어찌 살아보겠다고 발버둥 치는 것들만 마지못해 파장 떨이로 묶어봤다 하찮다고 욕하는 손님 더러 있으리라 그러나 당혹할 것 없다 한 인생이 저무는 막장, 그 어떤 핀잔인들 뭐 그리 섭섭하랴 다만 오랫동안 내 영혼을 잠들지 않게 깨워준 내 詩에 감사할 따름이다 시력 60년 안팎 몹시 아팠던 마지막 짐 보따리 이제 그만 내려놓고 가련다 아듀 사랑했던 내 詩여! 내 정신이여!

2022년 無所軒에서

서상만

| 차례 |

1부 저문 하늘 열기

2부 저기 한번 봐주렴

3부 회전날개

4부 겨울 눈발 바라보니

5부 시인의 후기

1부

저문 하늘 열기

행복

겨울 아침 몇 달까지는
나의 남향 거실 소파에
천상의 귀빈 해님께서
말없이 나를 품어주곤
둘째 창틀 사이 그간
수십 번 더 정형수술 한
낡은 철제 건조대 사이로
점잖게 빠져나가신다
오, 나의 디오게네스*
가난해도 이 벅찬 호사
그래서 이 세상이
아무것도 모르는
저승보다 좋단 말인가

* 그리스의 철학자로 견유학파의 한 사람.

무소유無所有

바람에 탁탁탁 휘날리다
나를 돌아보며
몇 발짝 멈춰 서서
뭔 말 하려는 저 낙엽
꼭 나를 아는 이 같다

이승의 마지막 모든 것
탈탈 털고 이렇게
빈 몸으로 간다고
내게 말해주듯 오늘
우이천牛耳川 노을 몹시 붉다

화살이 된 몽니

그때 한번 손잡아 줄 걸 후회됩니다
잠 안 오는 밤 은근슬쩍
창틀로 손 내민 별들의 외로움
그냥 힐끗 쳐다만 보고 살았네요
애완의 우리주머니쥐 같은 하루해
간신히 받아안고 다소곳 흔들리던
꽃들에게도 나는 한눈만 파는
정말 엉터리 객주였네요
그래 보니 할 말 다 못 하고 가버린
내 아내, 그 따분한 10년 안팎
눈물의 무게는 왜 그리 가벼웠는지
세상은 활짝 무너지는 찰나라지만

하늘에 고함

나 어느 날, 오수午睡에 든
다정한 늙은 고양이처럼
조용히 졸다 눈감으리
빛깔도 없고 깃털도 없는
부재란 이름으로 떠나리
가난이 유혹해도
돈 노예는 싫어
차라리 공복이 편안했던
슬픈 기억이여, 생활이여
술에 취해 정신을 잃어야
잠들 수 있었던 몸뚱어리
그마저 호사였을 허물과
녹슨 쇠골까지 씻어 말려
참회의 재물로 바치리니
너그러이 수납하시라
외풍 세니 가급적 빨리

외면

너는 고개 돌렸지만
나는 알고 있다

무관심한 양
먼 유도幽島*를 끌어안고

가장 어려운 곳에서
나를 바라보고 있는

너와 나의 운명이
별반 다르지 않아서

* 사람이 죽은 뒤 그 영혼이 산다는 섬.

겨울 이불

마른 잎사귀 떨어지는
밤마다 내 몸을 데워준
그대 자비
나는 왜 몰랐을까

그러나 어느 겨울밤
홀로 우는 내 울음과
깊은 불면
그대는 알고 있었으리

때로 쓸쓸한 밤 길목
아무 거리낌 없이
서로의 살을 부여잡고
출렁거린 아이러니를

내 친구 이카로스

그대 촛날개 녹아나듯
우리들 밤새 앓던 몸살
더는 가둘 수가 없구나

어리숙은 바다

저녁밥 먹어줄 시장기까지
귀에 묻은 말러*의 파도 소리까지
나의 총총대던 어린 바다여
바다는 어리숙해도 잘도 자라서
겨울 바윗돌에 눈발 치대도
노을까지 물속으로 끌고 와, 뉘
늙어가는 행동거지 엿보고 있다
나도 게 다리만큼 나이를 먹어
옆구리도 엉금엉금 무거워졌다
그래도 울지 말자 바다 앞에선
내 울음 절반 이상 파도에 섞어
뱃고동 소리로 목 놓아 가며
심심찮게 놀다 가고 싶던 바다
살 만큼 살았으니 감개도 무량
수평선에 소주 한 잔 걸쳐놓고
돌고래처럼 어리광도 부리면서

* 구스타프 말러.

고사목을 바라보다

옹이눈이 홀랑 빠져버려선지
고사목의 잔해는 더 볼 나위 없다

풍사에 내장까지 헐어 등골이
늙고 병든 사람 보는 일 불과不過하다

고목에 새잎 돋는 일처럼
누가 새 길을 맘대로 내줄까만

죽어가면서도 앉은 자릴 못 바꾼
누구의 푸른 고집 때문일까

짐짓, 그 자리에 더듬더듬
여린 소경 같은 싹 하나 돋아나

어떤 꽃의 숙박부

비 온 뒤 축축한 들녘,
고개 숙인 풀꽃 하나 있었다
무명에 던져진 노숙이라
연고 없는 세속의 풍경에도
덥석 빌붙어 온 떠돌이라니
그냥 잡초라는 슬픈 익명의
아무도 알아주지 않는 꽃
그래도 줄곧 피는 뜨거워서
여기가 도원이라 믿었겠지
안개 속 찬 이슬 받아안고
오직 그 꽃 하나 피우려
새벽부터 먼 하늘 바라보며
숲새들 노래까지 외면했던가
풀은 죽지 않고 저문다지만
끝내 그 대가는 흔적뿐이리
적막의 밤 마지막 숙박이여

달빛 아래나 그 어디에서나
다시는 못 볼 저 시한부 꽃

노숙하는 나의 詩

간밤엔 아내 기일
촛불 켜둔 것밖에는
그래도 세상은
죽도록 살고 싶은

내 시는 4월 봄비에
벙글 꽃이 아니라
파밭 머리에 떨어진
유성우의 울음소리

차마 뉘 알까마는
이 밤 끝물까지
별빛에 눈 붙였다가
곧 흙에 닿을 이슬

본적本籍

세상이 허락해 준 만큼
살다 가려네
얼었다 다시 녹는
일상의 박빙薄氷에서
줄 없는 사람 공연히
탐하면 화병 난다
어머니 날 낳으실 때
나의 첫울음 무게도
실은 알지 못했으므로

그날은

어차피 갈 건데 뭐가 두려워
그날이 언제일지 모르지만
달 뜨지 않는 막막한 밤이면
진즉 별이 된 그리운 얼굴들
목전까지 그 목소리 들려와-
평생 병고에 시달린 내 아내
나이 서둘러 떠나간 시인들
싱겁기 절반이던 죽마고우들
거긴 또 죽을 일 만무할 테고
전입 티켓으로 무한에 살기
천국 율법도 허용해 주리라

그나저나 이 범부 호명하면
혹 냉골에 떨고 있을지 모를
영혼들에 터틀넥 스웨터 몇 벌
즐기던 요리 술 책 포장해서

갖고 가고 싶은데
영원의 구구열차 하늘 길은
방물 탁송마저 금지라니
천생 빈손 초개로 가야 할 판
하기야 가자마자 풀어놓을
이 세상 석탄 백탄 타는 얘긴
꽁꽁 가슴에 묻어 갈 거지만

적선積善

정든 여자 보내고
외롭고 따분해서,
핫옷이라도 껴입고
밖에 나가볼거나

춥고 어두운 밤길
임자 없는 나처럼
한심하게 떠도는
별 하나 만나볼지

영정사진 몽유夢遊

–死者여 웃으시오 꽃처럼 활짝

언제부터 우리가 헛디뎠던가
곧 어눌한 유랑객 될 것 뻔하니
저번 늦가을 오후 찍은 영정사진
시무룩한 표정이 괜히 미워
이참 다시 하나 활짝 찍자는데
그마저 영영 때를 놓쳐버렸잖아

여보 가을바람 불더니 금세
겨울바람– 왜 이다지도 계절은
나보다 더 황망히 서두는지
세월 가는 줄 모르고 막살 때가
우리들 호시절이던 걸–
당신 떠나고서야 더 솟구쳐서

별천지

왁자지껄 신나게 놀고 있는 동네
아이들 곁에 슬그머니 앉았다
언제 나도 이런 유년이 있었던가
옆에 누가 와도 모르고
심지어 눈앞에서 내 이름을 불러도
알아듣지 못했던 철부지 치열성
턱없이 먹은 나이와 생활에 쫓겨
이렇게 속절없이 늙어서 이제는
누구 하나 거들떠보지 않는
비폭飛瀑에 떠밀린 천덕꾸러기로다
늙으면 아이 같다는 세속적인 말
고만 거둬들여야 할 판이다
그나저나 아이들도 상대 안 하는
아이만도 못한 늙은이가 되었다
때를 놓친 내 詩도 풀이 죽었다
세상사 다 나에게 무관심하다

그들은 용처럼 펄펄 힘차게 날고
그 옆 나는 짐짓 목석이지만,
혹여 신발 끈 고쳐 맨 바람처럼
붙잡힌 팔순八旬에 더딘 철 들어
햇살 좋은 봄날 푸른 창공에서
서럽지 않은 노고지리 울음이면

갈아타는 울음

문 닫아도 덥지 않은
가을맞이 서늘한 밤
소름 치던 매미 소리
누구 행장에 끝장났나

왜 내가 먼저 울 듯
그리 서운하더니
그 빈자리 처서處暑
귀뚜리가 온다는 말

휘영청 달도 무르익어
길 걱정 없으니 나도
따라나설까, 지치면
빈집 문이나 두드리며

뮤직 테이프

오래된 뮤직 테이프를
분리수거하는 날
눈 딱 감고 다 버렸다
그 음률에 들고 나며
어느 하늘에 닿을 듯
생사를 앓던 내 아내
세월 앞엔 명약 명곡도
꿈처럼 녹아버린 뒤
모데라토 칸타빌레여

팔순 낙서八旬落書

－bucket doodie

이승이 얼마나 아름다운 곳인지
그간 세상도 내 편이었을 것 같다만
네들이 있어서 정말 더 행복했단다
얘들아, 이 푸르른 세상은
누구에게나 딱 한 번만의 생이다
서로 아낌없이 사랑하고
누구에게도 상처 주지 말고
하루하루를 소중하게 살아라, 나는
내 죽음이 솔직히 두렵지 않다
저승이 어떤 곳인지 몰라도, 평생
부질없이 꼭 쥐었던 주먹 쫙 펴고
날아갈 듯 가볍게 갈 것 같다
내 정신 있을 때 간곡히 부탁한다
나 어느 날 끝내 가사 상태에 들 때
심폐소생술이나 산소호흡기나
대용 식사 주입, 끝없는 연명 행위로

작별의 고통 – 억지로 붙들지 말게
그래도 나 섭섭할 것 하나 없네
생로병사에 감사하며 책임도 지겠네
그간 연례행사가 돼온 외래진료도
이제부턴 정중히 사양하기로 했네
저승 가는 길은 미륵의 길이다
때 되면 명命대로 조용히 보내주라
아비가 한 것이 없는 빈손이라
미안하다, 빈손으로 왔다는 핑계다

남한강 가는 길 토담집 하나

남한강 가는 길, 아내를 11년째
작은 토담집에 홀로 두고
나는 야박하게 서울에 산다

봄가을 두 차례는 꼭
꽃다발 들고 찾아가지만
찬 눈더미 속에 누워 있는 것이
매양 서럽고 원망스러운지
불러도 못 들은 척 토라져
피신한 씨앗처럼 기척도 없다
여보 미안해요
그리웠단 얘긴 천생 내 몫이다

머잖아 나 오색 만장 휘날리며
구성진 상여꾼 만가 속에
남겨놓은 당신 옆자리 한 평

우리 다시 그리 합가합시다

그 옛날
내 사다 준 명주 치마 차려입고
홍화당혜紅花唐鞋 고쳐 신고
붉은 접시꽃 다발 머리에 이고
그대 꼭 날 마중 나오리

우리 다시 죽어 사는 세상길
숱하게 뭉갠 별빛도 살려내고
남한강 물과 숲새들 불러 모아
쓰러진 백년 꿈 다시 세우리

먼먼 세상 끝의 작은 우리 집
우리에겐 질주도 모색도 다
필요 없는 세월 먹고 사는 일

죽어 있어도 다 보이는 적멸
따뜻한 천국으로 윤색해 봅시다

그리움에 꿈꿀 수 없는 밤

밤도 늙으면 흐느끼는가
누구의 막막한 고독이야
아랑곳없이
만 리 밖 신기루 속으로
사라져 간 나의 여인이여

그리움이 눈꺼풀에 감겨
꿈도 꿀 수 없는 밤
이젠 다시 울지 않으려
눈 감아 버려도 거품처럼
죽지 못해 자꾸 사는 밤

운하소곡雲下小曲

남한강 쪽으로 자꾸 눈이 가네
저 산 너머 뜬구름 아래
서울을 바라보며
손편지를 쓰는, 아니지
쓰다 말다 그냥 둘지 모를
내 여인이여
멀리 앞 포도에 낙엽 날리는
차들의 질주를 바라보며
'아, 우리 영감 언제?'
입속말 중얼거리고 있을지
꿈꾸듯 살아온 두 운명이
연기처럼 허망해진 오늘까지
나는 혼자 사는 법을 배웠지만
숨죽인 그대 오도 가도 못한
그 토벽 속의 외로움
어이할거나, 나 여차한 봄날

허기 한 장 입에 물고
우리들 영생의 城으로 휘익-
귀신같이 날아가리니

저문 하늘 열기
–작별 연습

나 다시 태어나면
이렇게는 안 살고 싶다며

한때는 낙심하여
정처도 없이 헤맸어라

생로병사도 축복이고
그 책임도 내 것이리니

살고 죽는 법 슬기롭고
자유롭고 당당해야지

이승은 불을 꺼도
사무치게 아름다운 것

작별이란 몸 내던지는

출렁다리 같아서

가야 할지 말아야 할지
추억도 희끗희끗 늙어서

시간마저 계산 없이
그 누굴 사랑하였는지

미워하였는지 과거는
까맣게 지워지는 것을

가을 창가에 턱 괴고
망연히 바라보는 서녘

낡은 닻 고쳐 세울
파도까지 잠자고 있어

이승의 누가 붙잡아도
이젠 나를 복기 못 하리

다 끓은 꿈의 행장
노을보다 더 은은하고

一場春夢 허무 앞에
잠시 감개까지 멈추니

아직은 빛 천지
잠잘 밤은 오지 않고

다시는 밟을 수 없는
그림자를 태우며

내 손은 단풍잎처럼
떨며 대지에 쌓이네

목전의 귀진歸盡*이여
감사할 천지 귀천歸天이여

축복의 별로
귀거래혜 귀거래혜

이윽고 열릴까
낙관 찍는 저 허공 미로

운무를 걷어내고 내게
엄밀히 건네주는 암호

그냥은 열리지 않는

저문 하늘을 여는 법

천문 지리 철커덕 돌려
궤적 하나 길게 그으며

꽃피는 백야에 하르르
소리 없이 묻히리

* 도연명의 「귀거래사」에 출처.

2부

저기 한번 봐주렴

창밖 저 꽃나무는

창밖 저 꽃나무, 하루 종일 사람 세상 굽어보며 무슨 생각 하는지 철마다 눈보라 속 숱한 울음 짚었을 텐데 봄이면 어김없이 꽃 활짝 피워주는 것이 꼭 이 세상에 머물 선불 자릿세 내는 것 같아 씁쓰름하다 우리와는 늘 꽃나무란 이름으로 다정하지만 살펴보니 원뢰遠雷에 정신 나간 전리품 마른 이파리들 타박없이 꼬박꼬박 털어내는 저 멀쩡한 결기는 또

푸른 비망록

나 여기, 나도 여기 있소
배들의 용골은 고개 쳐들고
북새구름 깔린 곶岬으로
선창을 맴돌던 갈매기는
어서 떠나라
끼룩 끼루룩 겹겹이 우네
아, 어느 사나인들
삶에 뾰족한 왕도 있던가
떠났다가 되돌아와야 하는
기로의 허기처럼
밀리다 일어서다 부서져도
우린 짐짓 물처럼 살리니
검푸른 바다 위에 떠 있는
하얀 부표처럼 출렁이며

별이 깜빡일 때

바다가 슬그머니
먹구름을 끌어안으면
어김없이 비가 내린다
그 고단한 일상을
누가 무상이라 했나

스스로 헤매는 자여
다만 허공뿐인 하늘
도도한 자연 앞에
무시로 무너지고 있는
천만 갈래 슬픔을

애잔하고 따분한들
뭘 어쩌겠나, 그래도
어느 운수 좋은 날
그대, 바다 목덜미에
별은 사랑을 구가하리

길 잃은 사설辭說

세상이 왜 이렇지
난동이라도 부리란 말가
날라리 왈패들 판에서
억울한 빈손이어도
높푸른 하늘 쳐다보며
뭐같이 짖어보고 싶은
시인은 아프다
어째서 우리들 가슴엔
피 말린 고독만 남는가

멸치

바다에서 떼죽임을 당해도
죽어서 더 돌올한 눈동자
멸치는 일찍이 발광체였나
세상일 참 모를 일이다
죽은 몸이 인간의 식탁에
알몸 보시 하는 운명이란
영혼을 깨우는 방물장수여
나는 내가 판 무덤 안에서
매일 무얼 꿈꾸며 사나
잠 깨다 말다 또 자고 깨나
밤낮 뜬구름만 잡는 나는

새벽 몸살

미명에 제일 먼저 나를 깨우는
뉘 맘만큼 찡한 북새구름이여
그래도 그대 좀 건방지잖아
내가 뭐 이웃사촌이나 된다고
마음대로 불러대나
아직도 밤바다 출렁이는
공복의 얼룩무늬 물결이다가
달빛 만나 글썽일 은전銀錢 같은
내 온몸 감싼 이불도 아파라

세월 따라 살기

인생 사오십 고개 넘어오며
자식 낳아 키우고 가르친다고
온갖 고초 겪었어도
생각하면 그때가 참 행복했어라
풀꽃 피고 난 뒤 열매 맺는 것
그 이상의 완성 또 어디 있겠나
청려장 하나 만들려고
명아주는 줄기에 용을 쓰며
시간을 당기지만, 자연 앞에
너무 서둘지 마라
서둘면 꿈도 몸도 빨리 시든다
우리 아직 뿌리내리지 못했고
눈 감았다 뜨면 금세 바뀔 세상

저기 한번 봐주렴

누가 근거리 망원경으로
16층 저 귀퉁이 방
한번 비춰주렴

늙은 영감이 평생토록
불을 끄지 않고
말言을 꼬고 있는걸

그 옆에 짚단처럼
책을 쌓아놓고
잠을 태우고 있는걸

한 품도 먼 나

밤아 날 버려라
한 품도 먼 나를

여기저기 줘도
제값 못 한 詩들

그 사이 섞여서
통곡하고 있을

아직도 불쌍한
내 붉은 낙관은

빌붙어 살기

남향집 아파트 좁은 베란다에
옹기종기 둘러앉은 조 작은 화분들
아, 여기도 길 잃은 소우주와
자연 한구석이 동거하고 있음을
철사로 수술받은 소나무 분재랑
명패처럼 버틴 치자나무 한 그루
만 리 밖 떠난 사람 다시 돌아와
시방 내 곁에 웅크려 앉은 듯한
월계동 몽롱한 여름날 밤
늘 그랬던 방점 꼭꼭 찍어가며
한 10여 년 홀로 사는 사람 앞에
그래! 눈치코치 없이
자꾸 옛 주인 불러달라 졸라대는
조 작은 꽃들의 막무가내 어리광
창문 안 쓸쓸함 연신 퍼내면서
때 되면 잎 피우고 시드는 법까지

초저녁잠을 설친 별들과의 상면도
참 신통하다 한 해 한 철 어김없이

새끼 오징어

잔인한 나의 식성이여
끓인 어미 오징어 배 속의
작은 새끼 오징어

호박오징어탕에 둥둥
떠다닌 어물이라기엔 –
사실을 알고 먹었을까

분명 그것은 태아였어
비록 사생아지만, 난
죽은 목숨 또 죽인 듯

물소리 억장億丈

천변 벤치에 앉아
흐르는 물소리에
귀를 적시면
묵은 슬픔까지도
저 둔덕 넘어
큰 내에 이른다
억장 같은
생각과 몸은 짐짓
바다에 닿아 있고

단상斷想

돌처럼 굴러다닌 떠돌이였지만
이리 돌아보고 저리 돌아봐도
지난 세월 다 그리운 꿈이었네
기쁨도 슬픔도 외로움까지도
지나고 보니 그땐 다 꽃이었네

늙은 고양이

어느 천국엘 갔다
다시 왔느뇨 야옹!
꼬리 흔들다 말고
아예 감아 들어
봄꽃 그늘 베무는
저 노회한 기교는

발치 拔齒

여러 차례 신세 진 친구와
술 한잔 하고 싶어
고장 난 이 뽑기를 한 달이나 미뤘다

결국 이 핑계 저 핑계로
술도 한잔 못 하고 도리 없이
발치 강행 다섯 개

입술을 닫으니 사람 같은데
입술을 여니 사람 몰골 아니다
우리 고향 길 유강터널같이
확 뚫려 환하기는 하다만

늙고 병든 치아를 적출하고
허전한 그 빈자리에
몇 개의 쇠말뚝을 다시 박았다

그래놓고도 태연하게
전철 타고 의기양양 귀가했으니
독한 사람, 바로 여기 있다

2021년짜리 늙은 가을은

코로나를 건너고도
아직은 덜 건너고도 하면서
2021년 가을은 떠나가네
내 생애 오직 한 번의 날들
아무것도 거두지 못한
늘그막 빈손으로 떠나가네
다만 얄궂은 병마가 그렇게
생목숨을 무참히 거둬 가며
우리에게 눈물 뿌려대네
언젠가 어디에 닿으리라는
나의 꿈도 파장이 돼버린
오, 내 사는 방식에도
처방 하나 받아 들지 못하고
아, 아프게 그냥 떠나가네

미명의 절명詩

밤 내내 소식 없어
새벽부터 웁니다

맴－ 맴맴맴 맴맴－
사랑에 목말라서

미칠 듯 아파 태운
내 울음소리에도

뉘 안락의자에
나래 접은 심사여

곧, 귀뚜리 온다니
울 자린들 있을까

그래, 고맙다

팔순 넘긴 내 머리칼이 아직은
생미역빛이라니 고맙다

술자리 깔면, 곧 죽어도
막걸리 두서너 병,
거뜬하게 해치우니 고맙다

얼핏 누가 보면 무표정해도
술 한잔 걸치면 범파리*같이
서글서글하다니 고맙다

주변의 꾀돌이 얌생이들
되도 않는 짓거리 역겨우면
그날로 고개 확 돌려버리는
내 칼버릇, 차마 못 고쳐도
그런대로 마 고맙다

생각하니 그간
아슬아슬 출렁다리 건너며
운 좋게 버텨온 삶도 소중해
너무너무 고맙다

* 좀 시끌벅적한 성격의 소유자를 일컫는 경상도 말.

나는 그때도 악동, 지금도 악동

나는 어릴 적부터 말수가 적었다
비밀도 없으면서 좀 특별했다
누구에게 함부로 말 걸지 않고
말을 삼가며 내 성정을 키워왔다
어린 어느 밤길에서 내 떡판이
구둣발에 날아갔던 고학의 슬픔
여기저기 떠돌며 밥 빌어먹던 고통
지금까지 차곡차곡 양식 포대처럼
내 마음의 창고에 쌓아왔다
아버지 어머니도 형제들도 다
그 누구도 나의 행적을 몰랐다
뒷날 나는 아주 밑바닥에 깔린
무명 시인이 되었지만 지나간
내 울음과 깊이 박혀버린 상처를
다 고백하지 못했다, 아니 그것은
어릴 적 악동처럼 참는 버릇을
지금도 사랑하고 있어서다

그녀의 집

인적 끊긴 골목 녹슨 철문에
〈급매〉란 쪽지 달랑 붙여놨다

며칠 전 지나가다 보니
그 쪽지마저
바람에 날아가 버리고 없다

그녀는 어디로 갔을까
고별사도 없이 쪽지처럼
그녀의 미소도 날아가 버렸다

'여기가 우리 집이에요
언제 한번 모시도록 할게요'

이젠 진짜 진짜 그녀 집이
아닌 성싶어
공연히 내 코가 찡하다

팽이

팽이 돈다
빙빙 뱅뱅
온 세상이
따라 돈다

너도 나도
살기 위해
어질 떠질
따라 돈다

돌다 보니
죽기 싫어
잉잉 앵앵
팽이 운다

구름으로 시를 쓰다
-2013년 태산 등정에서

옥제玉帝 알현길
태산은 주상절리로 나앉아
구름으로 시를 쓰네
층층 누각 제 피를 뿌려놓고
구름의 혀까지 물고 선
저 태산 같은 고집이
뜬구름 잡는 영약인가 보다

허화虛花 찾아 무턱대고
오르고 또 오른 내 파랑도
산 너머 산이거늘
제단의 고독 처참하지만
천 길 빙벽 파본의 주술에도
결속하는 태산목처럼
남은 생 詩로 부활하고파

3부

회전날개

피난길, 1950년 8월

낙동강까지 인민군이 밀고 내려왔단 소문에 아홉 살인 나는 누나와 범선을 타고 고향 호미곶으로 피난길에 들었다 아낙들 아이들 도합 서른 명도 넘는 피난 배에, 끼리끼리 둘러앉아 각자 챙겨 온 점심을 먹는 시간, 누나와 삼베 보자기에 싸 온 꽁보리밥 고추장 마른멸치로 점심을 먹는데, 옆자리에 앉은 낯선 사람들, 허연 쌀밥에 갖은 반찬을 다 풀어놓고- 한 아주머니가 힐끗 우리 쪽을 돌아보며, "어휴, 순 목장 밥이네! 쯧쯧" 혀를 차다가 내 얼굴과 마주치자 싱긋 멋쩍게 웃는 것이었다 순간, 내 어린 자존심의 발동 때문이었을까 나는 밥숟가락을 배창에 떨어트리고 말았다 영문 모르는 누나는 조금 지나면 배고파질 테니 어서 한술 더 뜨라 권했지만 난 그 말 듣지 않았다 나이를 보태면서 아주 잊어버렸나 싶더니 가끔 시장기를 느낄 때마다 그때 그 일이 자꾸만 사무쳐 한 마흔까지는 나는 늘 그 피난길에 살았다

세월 보내는 일

창창한 새벽 새소리
노래인가 울음인가
숲 없는 아파트촌까지
기웃거리며 -
사는 일 다 그렇다 쳐도
저들은 저들끼리 어쩜
신나게 빌붙어 사는
저 치열성

차마, 귀만 열어놓고
잠들다 깨다 하며
누워서 듣는 비겁함의
내 홀아비 게으름이여

입 꾹 다물어도
사소해진 골몰에

늘 비참한 허세 따위
매일매일 그 정도로
부서지고 있지만
그래도 천만다행인 것
아직도
숨 쉬고 있다는 것

무용無用과 무정無情

밤별은
어둠이라도 걷어내며
들판에 흩어진 꽃잎이나
달래며 허세라도 부리지

박무 속 무기질 같은
나의 무정한 무용과
무용한 무정이여
어찌할거나
짐짓 내 손은 오그라져
버림받고 살았으니

그간 얼마나 허접 떨며
무색했나 질주 말고도
세상은 생각보담 야박해
무저항에 박수 없는 법

훗날 뒤통수나 얻어맞고
이 세상 접는 날
詩라고 써놓은 것 죄다
도로 지울 애물이라면

황소개구리의 법문

풀숲의 조폭 황소개구리가
꾸벅꾸벅 봄 졸음에 겨워
눈앞 꽃주렴도 본체만체
절 길에 질펀히 누웠다가
막, 거름 싣고 가는
경운기 시멘트 바퀴에 깔려
삐죽이 터진 배때기로
구천 허공 두 번 뒤집더니
목탁귀 세워 꼴깍 꼴까닥
무지 짧은 법문이네그려

옛날얘기

–죽은 친구 鄭永培의 힘

복날 친구와 찾은 보신탕집, 친구는 이미 단골인 듯 여사장에게 수인사로 "아줌마, 오늘 존 거 있제?" 여사장이 친구에게 끔뻑– 눈 사인을 준다 원체 소문 자자한 집이라 오늘 점심은 간만에 특식이겠구려 기대하며 상을 받았다 차르르한 수육에 소주 몇 잔을 걸치는데 탕이 들어왔다 갖은양념 방앗잎이랑 들깻가루 골고루 섞다가 뭔가 크게 짚이는 것이 있어 젓가락으로 들어 올렸다 그러자 친구는 내 것보다 더 큰 걸 들어 올리면서 "만萬아, 이거 좋은 기데이! 먹어놔라" 나중 들은 얘기지만 그 물건이 원체 귀하여 단골손님에게만 탕 속에 몰래 감춰 준다나– 그랬던 그 친구도 수년 전 황천으로 먼저 떠났다 그가 그립다

휠체어

–간병기

병원 옥상 한구석
하염없이 돌고 있는 바람개비 보니
허리끈만 조이면 얼마든 버틴다고
외려 나를
바람 속에 떠밀던 내 아내 모습이

육탄 같은 내조 어디다 부려놓고–

그토록 참고 산 삶이
고스란히 오늘의 족쇄가 되었나
천근만근 무거워도 어디다
부려놓을 곳이 없는 아내의 휠체어

회전날개

가끔 마주 보는 행인과 정면으로 마주친다, 순간 서로 비켜 가야 할 사전 동작의 미진이다 계면쩍어 "아이, 죄송해요" 한마디로 제 갈 길을 가면 만사 오케인데 "어이, 짜증 나! 할아버지 왜 이래요?" 꼭 한마디씩 걸고 넘어가는 사람들, 실은 그도 나와 같은 동시다발성 충돌일 수 있는데– 왜 사람은 날개를 달지 못했을까 걸음이라도 가볍게 받쳐주는 회전날개 말이야

추궁은 언제나 늙은 내가 당한다 그래도 좋게 좋게 그냥 넘어가지만 어느 땐 핑계 삼아 불쑥 한마디 하고 싶은 날 있다 가끔은 돌아가기도 해야 세상을 바꿀 수 있다는 걸, 아는 사람은 다 아는데 허–참 그래보니 내 생의 내리받이는 역시 좀 잔망스러워도 굽은 갓길이 우선이다 쓸데없이 뒤돌아보지 말고 앞만 잘 보고 걷자 더구나 늦바람의 질주는 버린 꿈 같은 무리수다

황혼 블루스

어느 사주 관상쟁이 나보고
"본시 귀골인디 –
밥 자시고 사는 데는 지장 없소
허! 헌디 혼자 살 천고생天孤生이라!"

살다 보니 그 말 맞는 듯도 하네
사방팔방 아픈 세월 다 보내고
이제 홀로 남았다

어쩌다 아들 내외들 전화라도 주면
반가워, 아내 몫까지 호들갑이다
적막하던 방 안 공기도 성큼 밝아진다

그런 날 아니면
좋은 기별이라곤 코빼기도 없다
생을 갈아엎을 시간도 몸도 바닥이라

노래할 땅 한 평 남았는지 몰라

머잖아 울릴 Call 신호 기다리며
단사丹砂처럼 늙어가는 집지킴이다

어머니의 초저녁잠

내 어머니 오십 줄에 담배 맛을 아셨는지 아버지가 담뱃대에 마른 엽연초를 비벼 넣어 불을 댕기면 그걸 넙죽 빼어 물고 몇 모금 마시다 혹 바깥 인기척이 있으면 얼른 담뱃대를 아버지께 넘겨주던 광경이 어린 내 눈에도 자주자주 꽂혔다

봉창 너머 어둑어둑 땅거미가 내리면서 방 안에는 엽연초 타는 내곱은 냄새와 매운 연기 탓인지 그런 날은 꼭 "아이쿠" 하시며 일찌감치 자리에 쓰러져 누우시던 내 어머니의 초저녁잠

화성, 낭만 라이브

부자들은 벌써 우주 관광에
가난뱅이 나 같은 희망은

티켓 없이 승천하는 날
거기 초입에 골목길 내고

비닐하우스에 상추도 심어
주인인 척 너스레 떨면서

혹 어느 별에 먼저 가 있을
아내 거처도 수소문해 봄 직

그리운 어머니

정화수 앞에 놓고
두 손 빌던 어머니

짐짓 내 나이 팔십
이맘때 잠결까지

저세상 먼저 간
아내 손 꼭 잡고

꿈인 듯 생신 듯
자주 현몽하셔서

서촌西村 나들이

서촌 이상李箱의 유가幼家에서
잠깐 흑백사진 둘러보고
이웃 한옥 처마 사이
인왕산을 훔쳤다
이상은 시에도 그림에도
그의 건축학개론에도
기하학적 기둥들을 세워
누가 천재 아니랄까 봐
고약한 암호를 묻어놨다
나중 자기 죽고 난 후
남들이 그 암호 풀든 말든
그건 다 네들 몫이라며
까마귀 날개 타고 갔는지

구덕포九德浦

녹슨 철길 따라 피뿌리꽃 둘레둘레
먼 장 여는 사이
열두 살 소년은 활짝 늙어버렸다

폐선이 된 11.3킬로미터 동해남부선*
나는 구덕포** 해안 돌무덤에 앉아
왜 이리 취객처럼 오래 흔들리나

저 멀리 갈매기 떼 늙은 오후
내 유년의 공복을 알고 있는 듯
수평선을 가르며 부리를 박는다

삶이란 늘 대지르고 들썩여야
아픈 녹을 지울 수 있다고, 파도는
흰 날개를 연신 바윗돌에 치댄다

* 복선화사업으로 11.3km 구간이 폐선 되었다.
** 부산 해운대 송정동에 있는 해변.

하조대 저녁 바다

결코 별이 될 수 없는
돌끼리 귀를 달래는데
왜 이리 처량하기까지
낙산해변 들고 나는, 저
요량 없는 파도 소리
뉘 글썽글썽 눈물 흔적
철썩철썩 지우고 있다

대구역 대합실에서

꼴에 그것도 멋이라고
모자에 숭숭 구멍을 내고
삐죽삐죽 머리칼 뽑아대던
고교 시절

하양河陽 길 능선, 붉은
능금이 유방처럼 매달려
나를 묶던 사춘思春

아버지 형님 서가書架 고서古書
헌책방에 내다 주고
허겁지겁 시장기를 달랬던
먹어도 먹어도 배고팠던
열일곱 나이

먼 옛날 그날을 껴안고

서울행 열차를 기다리는
대구역 대합실,
회한의 늙은 그림자 하나

대-한민국

아, 나는
이 땅에 태어나길 잘했다
좀 있어본들 없어본들
그게 뭐 그리 대수야
소금밭 일궈
물만 마셔도
우린 배부른 사람들

허투루 죽을 수 없어
소리친 목숨들이라
눈물을 삼키며
지금껏 우리가 우리를
지켜왔지 않았느냐

이제 우리는 우리에게
진정 냉정하고

또 관대해야 될 때다

일찍이 우리는
침략자의 채찍에도
맞서 노래해 온 민족이다
아, 내 조국이
눈물 나게 고맙다
그러나 분명한 것은, 꼭
정직하고 정의로워야

백록담白鹿潭

정가 50원짜리 보급판『백록담』을
나는 지금까지 소중히 보관하고 있다

白 鹿 潭
1946年10月31日 發行
普及版 定價 50圓
不許轉載

京城府敦岩洞山11의123
著者 鄭 芝 溶
京城府鐘路2街8
發刊 白 楊 堂
電話3-3508

70년을 훌쩍 넘긴『백록담』
빛바랜 종이 위에

그날 한라산 회파람새 회파람 부는 소리
떡갈나무 숲속에서 길 잃고
측넌출 긔여간
흰돌바기 고부랑길 찾아 나선 선생님,
아롱점말 타고 아직 백록담에 계시나요

효자역 孝子驛*

가다가 보고 오다가 보며
늘 눈에 담고 다녔지만
효자도 못 된 늙은 나그네
귀향길은 더 멀어져 갔네
석탄 백탄 태운 구만리 연기
공복의 기적汽笛도 끊겨버린
아, 빈손이면 또 어떠리
내 나이만큼 잠 설치며
눈 감고도 달린다 효자역

* 영일만(포항시) 진입 효자동에 있는, 지금은 폐역이 된 간이역(1970년 4월 1일 보통역 승격).

영일만 1

불거진 만灣의 자궁으로
붉은 해가 불쑥 솟고
눈 못 붙인 태풍 갈매기
호미곶串 허리를 휘감네

내 푸른 향수야 늘
등대 길 질러가는 구만리*
보리밭을 맴돌지만

해넘이 분월포 바다
두런두런 금이빨에 씹힌
노을 녹은 물결 위로
금세 또 달뜨는 영일만

* 호미곶 끝 보리밭 능선이 장관인 작은 바닷가 마을.

대마도 기행 2박 3일

첫째 날

가끔은 우리가 이 섬을 혼내주었나 어딘가 조상 흔적이 더러 있겠지 하며 사방을 두리번거렸다 저녁에는 우리네 시골 여인숙에서 보는 접시 물처럼 작은 욕탕에 몸을 담갔다

둘째 날

꼬부랑길 키다리 측백나무를 보고 생각났다 언젠가 교토 어느 신사에서 50미터도 넘어 뵈는 이음새 없는 통나무 마룻바닥을 본 적이 있다 혹 여기 조선 소나무가 없나 하고 창밖을 내다봐도 보지 못했다

에보시다케 전망대에서 바라본 아소만의 섬들,

저들끼리 팔짱을 끼고 둘러앉아 무얼 자꾸 쑥덕거리는 소리를 덩치 큰 까마귀 한 마리가 까르륵 까르륵, 나를 알아듣지 못하게 지절댔다 저녁나절 들른

고모다하마 신사 –운무에 갇힌 늙은 우리 소나무
몇 그루 꼭 끌어안았다

셋째 날
아침상 단무지 두 쪽, 김치 생각에 자꾸만 젓가락
이 헛돌았다 조선통신사 행렬 옆에 발가벗은 왜놈들
옆구리에 찬 단검을 훔쳐보았다 최익현, 덕혜옹주 눈
물이 자꾸만 가슴에 사무쳐 발걸음이 무거웠다

귀로의 뱃길,
누가 지율知律이라 했던가, 장경藏經 바다 건너며 솔
직히 한 번쯤 뒤돌아보고 싶은 그런 맘 별로 없었다

서정태徐廷太 선생님

고창 정주 형님 〈미당문학관〉 지키며
호젓이 늙어버린 아우 우하 선생님

'이제 내 살날이 얼마 남았겠냐,
徐 시인 한번 내려와요, 보고 접다'

얼마나 사람이 그리웠으면
선생님께서 내게 그러셨을까

신경림申庚林 시인

정릉동 고갯마루에서
칼국수 한 그릇씩 받아 들고
조용조용 나누었던 담소
어진 미소여

소문 요란한 누구와는
달라도 너무 다른 시인

더러는
시업詩業이 허업虛業이라 해도
그 바닥에 정직히 붙잡힌
우리들의 절벽 – 그
절벽 아랜 무엇이 남아줄까

허영자許英子 시인

오랜만에 혜화동로터리에서
칼국수 점심 하고 커피도 들며
많은 얘기 나누고 헤어질 때
뒤돌아보니
동양서림 쪽으로 귀가하는
시인의 뒷모습이
선녀처럼 단아하고 가볍다
그래 맞다 저분은 그렇지
평생을 단단한 詩처럼 사시며
빈틈도 채워주시는 분이시다

4부

겨울 눈발 바라보니

모란이 지려는데

고향은 먼데, 파도 소리 더 높다
보리밭 타령에 씨감자 다 내주고
멀찍이 바라만 보는 떠돌이로다

어머니 산통 끝에 내 첫울음이
음4월 붉은 모란으로 피었으니
그 집 그 울타리 어이 잊으리

범 꼬리니 뭐니 하며 목매달던
나보다 더한 사람* 또 있는데
이젠 다 늙어서 샛바람만 부네

* 舍兄 서상은 전 호미수회장.

남천南天나무* 2

인동忍冬으로 언 살
얼얼하다 못해
천둥 번개 내리쳐
피멍 들었네
동천을 꿈꿨나
별을 훔치렸나
눈부시게 글썽인
네 붉은 눈동자
알알이 알알이
나 곱게 가지리
그것도 죄라면
그냥 누구 몰래
가슴에 숨기리

* 매자나뭇과에 속하는 상록활엽관목.

신접시 神接詩

한밤 비몽사몽간
두물머리 맴도는
상엿소리 같기도

귀신도 따라 곡할
초혼하는 무당의
요령 소리 같기도

죽었다가 화들짝
다시 깨어날 누구
붉은 부적 같기도

자전과 공전 사이

떠날 땐 두말할 것 없이
남한강공원묘지 비워둔 자리
아내 옆으로 가야지

글쎄, 나 떠돌이로 살다 보니
조상 묘소 자주 못 찾았는데
자식들도 뻔하지 안 그래

"그래, 내 죽어 화장하고
그때, 네 엄마도 함께 하면"
곰곰 생각하다가

"아니야, 혹 애들 실망하면"
그 참 또 생각이 바뀌네

"그래, 이담 다시 의논하자"

이만저만 핑계로
생을 조금 더 연장시켜 본다

외길 산조散調

홀가분하게 혼자 남으니
밥상 앞에 앉아도
뉘 찬 거드는 사람 없고

끓인 국물도
금방 식어버려
품은 시간도 다녀간 듯

슬며시 있다가도 없고
없다가도 있는, 헛기침
백비白碑가 삼킨 혼잣말들

기로岐路

이쯤 그만 접을까
엉금엉금
좀 더 기다 말까

불면의 긴 밤
내 눈에 불 켜는
철천시마徹天詩魔여

남은 말

인생 둔각鈍角에
작풍도 수염처럼
꺼칠하게 세어
실로 상심뿐이네

나는 그래도
영양제 주사 같은
수혈은 안 할 거야
숨 가쁘고
몽롱해지면
눈물이 약이라는
격에 맞는
유언을 남기며

입 다문 하늘에
어서어서

실천에 옮기라고
재촉할 거야

늙은 정신이여
바람 앞 연기여
멀리 구름 한 떼
씩 - 웃고 가고
목전 활엽수도
술 취한 듯 흔들
세월의 행간들
다 차례로 뜨네

고립무원孤立無援

하늘땅 쪼개지고
바다 갈라지고

하세월에 접히고
된 사람에 구겨져

남은 건 하나, 나
캄캄한 허방 길

서성이다 말 없다면

탈탈거리며 잘도 도망가는 낙엽
출랑출랑 눈치 보며 가는 개울물
찰방찰방 옆구리 두들겨 맞아도
차다 덥다 말 없는 악동 조약돌
저마다들 무슨 황족이 되려는지
꾹꾹 참고 사는데, 네
아직도 숨 쉬면서 뭐 하니
서성이다 세월이나 먹어치우는
그 고약한 심보 한번 열어봐라
전광판에 걸린 박제처럼 오,
죽은 기호로 늙는 슬픈 카오스

빨래

허드레 세상의 묵은 앙금
찌든 껍질까지 뒤적거려
뒷맛까지 훌훌 털어 넌다

—바람 앞의 촛불처럼
마음 태우는 빨래여—

한나절 고독한 빨랫줄에
골풀*처럼 매달려
백주白晝와 씨름하다
해 질 무렵, 휘— 탈속하는
백옥 구름 속에 잠기는

아픈 삶의 얼룩 속속들이
푸른 하늘로
말끔히 거두어 가는 빨래

* 들, 습지에 사는 여러해살이풀로 잎은 없고 줄기로 자리를 만듦.

승천 昇天

내 몸 아직도
오욕이 남아

더 씻고 말려
털고 또 털어

새처럼 훨훨
– 날아가야지

평생 기다린
허공 밖 천당

나도 아프다*

소주에 막걸리에
가끔 소맥까지 걸치며
세상일 다 술로 버텼으니

삶의 덕목 아랑곳없이
알코올은 마음까지 소독할까
슬픈 위로 = 유일한 낙

아, 저승 가서는
도저히 이런 맛 못 볼
야릇한 이승의 취기여

중랑천 변 자전거 길에
어느 노인의 고장 난
삼천리자전거 한 대

잔바람에 해장하시는지

숙취를 못 이겨
자빠져 코를 골고 있다

골목골목 발품 팔아준
저 찌그러진 바큇살에
맨발로 걸려든 구름발

유랑의 낮달 하나쯤은
겨우겨우 숨겨줄까 몰라
내명內命의 하늘이여

세상사 다 몸살이라더니
누군들 돌아앉지 말고
슬퍼하라 나도 아프단다

* 『維摩經』의 '중생이 아프니 나도 아프다一切衆生病 是故我病'에서.

쓸쓸한 사계四季

기린초를 안방에 들여봤다
아침저녁 꽃과 눈 맞추려고
더위 안 타는 새소리 듣자며
십자매 한 쌍 사들이자마자
늦가을 창가에 눈물 삼키며
애마르게 울던 귀뚜리도
찬 이슬에 목청이 얼어붙었다
이제 나 어디 가 빌붙어
엉겨버린 꽃다발 안아볼까
눈도 귀도 마음도 서늘하니
달콤한 봄이 온들 어쩐다야
살 비빌 데 없는 누구에겐
삶의 궁리마저 아연하다니

씨앗의 앙심

마음에 안 들면
입 꾹 다물고
땅속에 죽은 듯
삐져 있다가

어느 봄날 다시
훈풍 기별 오면
슬며시 깨어나
초록 깃발 흔들 일

저들의 꿈은 늘
모색과 질주 속
대면의 꽃 피워
세상 또 보는 일

영원도 저무나

죽음 죽음 죽음을 넘어
그래도 살아남음 여지 때문일까
나는 하다못해
나의 우울을 위해 시를 쓰지만

어느 여행길에서 보았다
엄청 나서길 좋아하는 한 여자를
서방 죽고 자식들을 방목하며
매일 휘발유를 먹고 사는 여자

왜 그녀는 늘 달리고 싶었을까
속도를 함께 장착한
그녀의 바람기 앞에서 맙소사,
그녀는
날마다 공중에 괘卦를 날렸다
그래 부활의 괘, 하얀 골프공이

하늘나라에 연극같이 꽂혀
죽은 서방 불알 찾는 공놀이를

자존의 외길은
그냥 얼렁뚱땅 갈 수는 없다고
시든 풀이 다시 잠 깨어 팔랑대는
그런 꿈 그런 여자 보았다

진주晋州

–새벽 중앙시장

새벽 난전에서 그대가 싸준 순댓국과 시래기된장국을 남강 물 지고 오듯 진주 목걸이 차고 오듯 조심조심 서울까지 모셔 와도 보란 듯 별 탈 없었네

묶인 비닐봉지처럼 어쩜 나는 봉지 속
속없이 덜 식은 국물일지 모르지만
그래도 출렁거릴 줄은 알기도 하였지만

–진주라 천 리 길 아직도 김이 모락모락–

내일이면 어찌 될 그대와 나의 상사相思도 모른 체
국물은 아직 뜨거워서

죽은 분재 소나무頌

도대체 저 소나무는
몇 살이 명운이었을까
하산하여 수목원 품 팔다
내 손에 오기까지

또 왜 하필 때맞춰
훌쩍 아내 따라갔는지
한 번도 홀대한 적 없는
나를 두고

마지막 네 조갈과
네 뼈마디를 바라보는
나의 통증이 천근만근
골육 풍장으로 남는 것은

허기虛氣

80년 묵힌 책과 원고 뭉치들
정리하는 데만 꼬박 일주일
버린 다음 몸살 앓았다
내 정신의 살림이었던
못 버려 남긴 4천여 권에
꼼짝없이 또 포로가 되었다
더 비워야 날 수 있을 텐데!

굿바이 기교주의技巧主義

가버린 날은 지워졌지만
조금 남은 날은 창백하다
제 얼굴 숨겨놓은 말들
일몰엔 죄다 묻어버리자
누구나 패하면 쓸모없듯
해 지면 감옥보다 더 더
무서운 것이 적멸이기에
잡목림에 땅거미 졌다면
고독을 수정하긴 틀린 일

세상일이란

누구를 함부로 도배하지 마라
쉿, 너무 노골적이면 안 돼!
골목마다 내깔린 내로남불이여
어지간한 허세는 좀
아끼며 살자 지나 보면 창피다
사람도 한 번은 죽어봐야 안다
난국엔 함구도 반역이라지만
거기 함부로 침 뱉을 자 없다
쇠제비갈매기 삐우이 삐우이
저들은 나더러 입조심하란다

낙엽 한 장

시궁창의 낙엽 한 장 바라보며
구멍 나기 직전의
내 낡은 양말을 생각한다
숨죽인 구멍 밖으로 황급히
쫓겨 빠져나가는 바람 아닌
나부끼듯 잠자듯 무한에 지는

내 죽음도 그랬으면 좋겠다

끝없는 모래성의 소소초처럼
깡마른 바람에 버티다
어느 날 눈물까지 말라버린
그런 죽음을 생각한다
땅속 깊이 누워보지도 못하고
울음도 빼앗긴 비명碑銘처럼

겨울 눈발 바라보니

팔십까지 했다는 게
고작 이것뿐이란 걸
파장 와서야 알겠다
젊은 날 앞만 보고
버둥거렸던 흔적이
아직도 가파르지만
인적 끊긴 허허벌판
눈 아프도록 내리는
겨울 눈발 바라보니
끝물마저 허세 같다

정처定處

결국 예까지 돌아왔지만
나 이 세상 어머니 탯줄에
필사적으로 승선하기 전
어떤 神的 스냅 알갱이 -
고독한 주자로 떠돌았을까
아버지 어머니 아니었으면
알파벳도 없는 우주 속에
묻힐 곳이라도 있었을까

5부

시인의 후기

상처받는 공간시학
–나무의 인간적인 생성과 인간의 식물적인 생성

나무와 숲과 더불어 새처럼 울고 웃고 노래하며 듣는 시, 시인의 풍경은 너무 명료하게 그려진 초상화일 순 없다. 나날이 파괴되어 가는 자연환경 속에서 오늘날 우리 시인은 어쩌면 피상적 노래만 부르고 있지 않나 싶다. 순수한 상상력은 파괴된 자연과 동거할 수 없으므로 일찍이 알베르 플로콩*의 판화까지도 식물주의 철학은 소중한 것이 되었다. 또한 그의 판화가 식물적 몽상의 가장 깊은 다의성을 정신분석 하는 데 큰 도움이 되었다고 가스통 바슐라르가 말했다.

바다 멀리 수평선에 흰 머리카락처럼 나부끼는 돛단배의 유희를 바라보며 우주를 붙잡으려는 인간의 몽상

* Albert flocon. 바슐라르와 동반자적 사고를 나눠 가졌던 독일 출생 판화가. 1944년 게슈타포에 붙잡힌 아내와 딸은 아우슈비츠에서 살해당했다.

적 은유는 이미 진부해졌다.

오늘날 시인은 나무와 풀 그리고 꽃과 함께 가장 가까운 거리에서 싸우고 있다. 나무는 뿌리고 사람은 다리다. 꽃은 죽음의 관을 덮고 있는 장식이 되고 있다. 시인은 늘 고달프다. 바다와 들판마다 인간의 의지를 외면한 채 자연은 하루하루 병들어 가고 있다. 심지어 구름까지 하늘에서 길을 잃고 있다. 떠도는 것도 멈춰 선 것도 또 다른 자연의 재앙으로 기후변화의 소용돌이 속으로 빨려들고 있다. 지금 우리의 목전에 원인 미상의 코로나 변이는 이미 수백만 명이 넘는 생명을 앗아 갔고 매일매일 또 어떤 충격적인 사건이 우리를 더 슬프게 할지 모른다.

짐짓 꿈꾸듯 생각할 시적 공간은 처절하게 남루해졌다.

산림도 수목이 울울창창해야 제대로 된 산림이다. 자연도 원초적인 운동을 회복해야 된다는 뜻이다. 인간이 그 가운데서 소박한 세계를 꿈꾸는 이유도 도식적인 사고에서 스스로 해방되고 싶어서다. 가스통 바슐라르가 그토록 알베르 플로콩과 각별했던 것은 인류의 삶을 행복한 자연의 품으로 초대하려는 식물 지향의 동반자였기 때문이다.

아마 神이라도 우려와 허무가 악수하는 것을 용납하지는 않을 것이다.

너와 내가 안개 속에 잠겨가는 유체流體를 그냥 묻어놓을 수는 없다.

상상은 그립기도 하네 - 기억의 언덕이 있으니 그럴 법도 하겠네만, 할아버지 할머니들이 먼저 간 우리 삶의 어깨에 적절히 속도를 줄여 꿈을 바꿔주기도 하고 녹슬었다 하면 페인트로 다시 칠해주기도 하는 것처럼 풀잎은 스스로의 생기를 찾아가며 푸르른 것도 시의 매력을 돋우는 식물의 직관을 반어적으로 표현하기도 한다. 어느 잎은 햇빛 밖에 있고 어느 잎은 햇빛을 송두리째 껴안고 있다. 그래도 그들은 분배의 물관이 이끄는 해독의 신비를 배워간다.

인간은 자연에게 수의壽衣를 제공할 의무가 있다. 독초도 마음대로 자라게 해야 한다. 따라서 숲은 따지면 폭동도 전쟁도 비굴도 증오도 없다. 아마 신이 내린 축복의 영역일 것 같다.

인간이 인간을 무서워하고 비판하는 것은 무릇 시각

적이다. 간접화법으로 표현하지 말자. 모든 물물物物들은 꿈꾸며 춤춘다. 기후의 재단에 목을 매고 부활을 기다린다. 카오스여 힘내라! 다시 사는 법, 즉 죽어봐야 삶을 더 잘 알 듯!

계절은 몸을 바꾸어도 자꾸만 바람 속으로 스며드네. 천사들의 웃음소리와 그들의 드레스가 갈기갈기 찢어져도 죽어가는 나무들의 신음 소린 가식 없이 세상에 번져가네.

사람은 밤夜을 먹기 위해서도 별을 사랑해야 하고 때로는 먹구름 속에 내리는 빗물을 마시며 자연의 독성에 취해버린다.

마치 산사에 심어놓은 땡감나무가 지옥 같은 칼바람 속에서도 제 혼자 잘 익어가는 감미로움처럼, 건망증은 어떤 원죄를 나무라지 않고 저승사자처럼 검색 없이 우리의 몸속을 통과하고 있으니 마음 놓고 황제처럼 살기란 주문도 필요 없다.

우리 산으로 가자, 들로 가자, 강으로 가자, 바다로 가자, 어머니의 부뚜막으로 가자. 침묵은 길수록 힘들다. 고독한 비단실에 눈물 고이는 추를 돌리면 눈물도 굵어

지고 슬픔도 길어진다. 비상을 꿈꾸는 대자연의 섭리를 누가 감히 외면하는가. 몸과 맘이 하나 되는 길에 세상은 푸르고 강도 길어진다.

지구 속에는 온갖 병이 만연하다. 무릇 그 병균들은 그들의 생존을 위해서가 아니라 나약한 인간을 감동시켜 흥분시킨다. 흥분은 물 방석 같은 어두운 시대의 담론으로 눈 어두운 시인을 미치게 한다. 밀폐된 공기 속에 그가 살아야 하는 이유는 없어졌다. 절망 – 절망 앞에 통곡마저 없는 공간, 우리는 거기 동참하는 병마용총兵馬俑塚 같다.

우리는 언제나 돌아와야 하는 사람들, 말이 안 되면 소리로, 소리로 안 되면 잎사귀를 흔들며 그마저 안 되면 하늘의 별이라도 빌려 와야 한다. 자연이여, 인간의 식탁에는 항상 묵시록이란 밥이 놓여 있다. 이웃을 부르며 진실을 떠먹이는 –

그뿐이랴, 눈 덮인 설산에 선사의 고국처럼 숨겨놓은 칼날의 빙벽 크레바스, 거기에도 규칙이 있을까. 그 깊은 심장에 우리는 아직도 천진하다. 자 우리 이제 혈관을 관통하는 푸른 고무신을 신고 달려보자. 달리다 지치면 숲에게 물어보자. 지금 어디쯤 왔느냐고!

사람의 세계 - 어디 사람만이 존재하는가. 모두들 저들의 깃발을 세우기 위해 말없이 사라지는 척하다 다시 살아난다. 사유여, 상상의 미래여, 닳아빠진 암각화여, 녹슨 기관차여. 사물이 그립고 세월이 그립다.

아, 오늘 이 순간, 우리의 기억에 남아 있는 어느 시인이 유명을 달리했단 비보가 날아왔다. 바로 그 코로나로 말이다. 슬프다.

이렇듯 공간이란 단순한 물질적 상상력에 의존하지 않는다. 특히 詩에 있어서는 더 그렇다. 나는 오늘도 우리 앞에 유동流動하는 푸른 이미지의 수채화를 다시 그리고 싶다. 숨 쉬는 그날까진 -

| 해설 |

고향으로 돌아오는 기나긴 추억 여정

이승하 시인·중앙대 교수

2017년 4월이었을 것이다. 포항 호미곶면 구만리가 낳은 서상만 시인의 시비 제막식이 구만리에 있는 분월포 해변, 시인의 아버지와 어머니가 마지막 영면하신 그 별가의 앞마당에서 열렸다. 시비에는 "나 죽어서 분월포에 가야 하리/ 천천히 걸어서 대동배로 가든지/ 호미곶 등대불빛 따라가다/ 보리 능선 질러가는/ 구만리 밖 내 사라질 빈자리"로 시작되는 시 「나 죽어서」의 전문이 새겨져 있다. 서상만 시인의 고향 노래만 모아도 시집 두세 권이 더 될 것이다. 서 시인만큼 항구도시 포항 일대와 바다를 많이 노래한 시인도 없을 거라고 생각한다.

이번에 내는 제13시집 『저문 하늘 열기』에도 포항 호미곶 구만리에서 보낸 유년 시절에 대한 추억이 여러 편의 시에서 되살아나고 있다.

> 나는 어릴 적부터 말수가 적었다
> 비밀도 없으면서 좀 특별했다
> 누구에게 함부로 말 걸지 않고
> 말을 삼가며 내 성정을 키워왔다
> 어린 어느 밤길에서 내 떡판이
> 구둣발에 날아갔던 고학의 슬픔
> 여기저기 떠돌며 밥 빌어먹던 고통
> 지금까지 차곡차곡 양식 포대처럼
> 내 마음의 창고에 쌓아왔다
> –「나는 그때도 악동, 지금도 악동」 전반부

이 시 속의 스토리가 허구가 아니라 실재했던 일이라고 본다. 시인은 어린 시절에 여기저기 떠돌며 밥을 빌어먹어야 했고 떡을 팔며 고학苦學을 했었나 보다. 밤에 "찹쌀떡억! 메일무욱!" 하고 외치면서 떡을 파는 소년이 있었다. 단속반원인지 동네 깡패인지 모르겠지만 그는 소년의 떡판을 발로 걷어찼다.

> 아버지 어머니도 형제들도 다
> 그 누구도 나의 행적을 몰랐다
> 뒷날 나는 아주 밑바닥에 깔린
> 무명 시인이 되었지만 지나간
> 내 울음과 깊이 박혀버린 상처를
> 다 고백하지 못했다, 아니 그것은
> 어릴 적 악동처럼 참는 버릇을
> 지금도 사랑하고 있어서다
> –「나는 그때도 악동, 지금도 악동」 후반부

식구들이 몰랐던 나의 행적은 이와 같이 고학을 한 것이었을까? 아니면 힘든 삶의 도피처로서 독서삼매에 빠진 것이었을까? 분명한 것은 지금까지 "내 울음과 깊이 박혀버린 상처를/ 다 고백하지 못했다"는 것이다. 그래서 이번 시집은 그동안 다 하지 못했던 인생 고백을 하려고 출간하는 것이 아닐까 생각해 본다. 가난과 고행은 소년 서상만에게 '참는 버릇'을 선사하였다. 그런데 지금에 와서 생각해 보니 그런 인내는 '악동'이 되게 하였다. 성질이 나면 그것을 표현하고 살아야 하는데 소년은 무조건 참으며 살았다. 그것이 성인이 되고 노년이 되고도 이어진 것을 지금에 와서는 후회하기에 '악동'이라는 역설적인 표현을 한 것이 아닐까.

아버지 형님 서가書架 고서古書
헌책방에 내다 주고
허겁지겁 시장기를 달랬던
먹어도 먹어도 배고팠던
열일곱 나이
－「대구역 대합실에서」 부분

열일곱 나이면 중3이거나 고등학교에 막 들어갔을 무렵이다. 밥 먹고 세 시간만 지나면 배가 고플 때인데 소년은 아버지와 형님의 서가에 있는 고서를 헌책방에 팔고는 그 돈으로 허기를 달랬다. 그 책들의 가치를 그때 알았더라면 팔지 않았겠지만 이상은 멀고 현실은 가까운 법이다.

러시아의 시인 푸시킨이 쓴 시 가운데 "생활이 그대를 속일지라도 슬퍼하거나 노여워하지 말라/ 슬픔의 날 참고 견디면 기쁨의 날이 오리니/ 마음은 미래에 살고 현재는 늘 슬픈 것" 운운하는 유명한 시가 있다. 서상만 시인도 "가난이 유혹해도/ 돈 노예는 싫어/ 차라리 공복이 편안했던/ 슬픈 기억이여, 생활이여"(「하늘에 고함」) 하면서 지난날을 돌이켜 본다. "술에 취해 정신을 잃어야/ 잠들 수 있었던 몸뚱어리"를 갖고 있던 때는 그래도 한창 젊었을 20대, 30대 무렵이었을 것이다. 그때야 생활이 급선무였고 시는 쓸 겨를도 없었을 것이다. "세월 가는 줄 모르고 막살 때가/ 우리들 호시절이던 걸"(「영정사진 몽유夢遊 - 死者여 웃으시오 꽃처럼 활짝」) 그때는 잘 몰랐던 것이다.

세월이 흘러 4, 50대 장년이 되었다. 직장에 다니고 자식 키우느라 정신없이 보낸 시절이다. 1982년에 등단하여 첫 시집 『시간의 사금파리』를 낸 것이 2007년이니 시 쓰기에 몰두하지 못한 25년 세월이었다. 이 기간의 삶이 집약되어 있는 시가 있다.

> 인생 사오십 고개 넘어오며
> 자식 낳아 키우고 가르친다고
> 온갖 고초 겪었어도

생각하면 그때가 참 행복했어라
풀꽃 피고 난 뒤 열매 맺는 것
그 이상의 완성 또 어디 있겠나
청려장 하나 만들려고
명아주는 줄기에 용을 쓰며
시간을 당기지만, 자연 앞에
너무 서둘지 마라
서둘면 꿈도 몸도 빨리 시든다
우리 아직 뿌리내리지 못했고
눈 감았다 뜨면 금세 바뀔 세상

–「세월 따라 살기」 전문

청려장青藜杖은 명아주의 줄기를 말려서 만든 지팡이로 노인들이 많이 사용한다. 청려장이 필요한 지금 나이가 되고 보니 자식 낳아 키우고 가르친다고 온갖 고초를 다 겪은 그때가 참 행복했었다고 기억된다. 시인은 이 나이가 되어 비로소 인생이란 것이 아득바득, 악착같이 살 것이 아니라고 생각한다. 가족을 챙겨주고, 배려하고, 가족과 외식도 같이 하고 여행도 같이 다니면서 여유롭게, 오순도순 살 수도 있었지만 그때는 그저 하루하루 '생활'에 급급했던 것이다. "너무 서둘지 마라/ 서둘면 꿈도 몸도 빨리 시든다"는 것이 이 나이에 깨달은 진리다. 눈 감았다 뜨면 금세 바뀔 세상이니 세월 따라 살자고 시인은 인생의 선배로서 뭇 독자에게 얘기해 준다. 하지만 권력과 금력과 거리가 먼 보통 사람인 나만 해도 책 욕심, 글 욕심은 많다. 그런 것 다 부질없다고 서 시인은 나를 이렇게 깨우쳐 준다.

80년 묵힌 책과 원고 뭉치들
정리하는 데만 꼬박 일주일
버린 다음 몸살 앓았다
내 정신의 살림이었던
못 버려 남긴 4천여 권에
꼼짝없이 또 포로가 되었다
더 비워야 날 수 있을 텐데!
—「허기虛氣」 전문

책 한 권 한 권이, A4지 한 장 한 장이 시인과 어떤 관계가 있어서 시인의 소유가 되었을 것이다. 하지만 그것을 다 지니고 살 수는 없다. 그 또한 욕심일 테지만 그 욕심을 버리기가 어렵다. 그런데 시인은 일주일 동안 책과 원고 뭉치를 버리는 일을 하다가 몸살이 나고 말았다. 그러고도 못 버린 책이 4천여 권이다. 요즈음에는 도서관에서도 책을 받아주지 않는다. 국어사전도 백과사전도 인터넷 안에 다 들어 있고 전자책과 소리책(오디오북)과 웹툰, 웹소설 판매지수가 종이책을 압도하고 있다. "더 비워야 날 수 있을 텐데!" 하고 외치지만, 말처럼 쉽지는 않을 것이다. 그런데 뮤직 테이프는 눈 딱 감고 몽땅 버렸다. 다시 들을 것 같지 않아서일 것이다. 예전에는 카세트테이프라는 것이 있었고 동그랗게 생긴 음악 CD라는 것도 있었는데 전자는 진즉에 사라졌고 후자도 판매가 잘 되지 않는다. 유튜브나 각종 SNS를 통해, 아니면 USB에 저장해 음악을 길 가면서 들을 수 있다. 운전하면서 들을 수 있다. 리듬에 고개를 끄덕이면서.

오래된 뮤직 테이프를
분리수거하는 날
눈 딱 감고 다 버렸다
그 음률에 들고 나며
어느 하늘에 닿을 듯

생사를 앓던 내 아내
세월 앞엔 명약 명곡도
꿈처럼 녹아버린 뒤
모데라토 칸타빌레여
―「뮤직 테이프」 전문

시인은 쓰레기를 분리수거하는 날 플라스틱 버리는 함 속에다 뮤직 테이프를 몽땅 버렸다고 한다. 아마도 그 음악은 아내와 함께 들었던 것일 공산이 크다. "생사를 앓던 내 아내"라고 했는데 해설자가 알기로 시인의 아내는 십수 년 병상에서 고생하다가 작고하였다. 세월 앞에서는 그 어떤 명약도 명곡도 소용이 없다. 사람은 가고 추억만 남는다. 그래서인지 오랫동안 환자였던 아내와의 추억을 더듬는 시도 보이고 아내의 무덤을 찾아가는 근황도 몇 편의 시에서 들려준다.

병원 옥상 한구석
하염없이 돌고 있는 바람개비 보니
허리끈만 조이면 얼마든 버틴다고
외려 나를

바람 속에 떠밀던 내 아내 모습이

육탄 같은 내조 어디다 부려놓고 –

그토록 참고 산 삶이
고스란히 오늘의 족쇄가 되었나
천근만근 무거워도 어디다
부려놓을 곳이 없는 아내의 휠체어
–「휠체어 - 간병기」 전문

걸음을 옮길 수 없는 처지가 된 사람의 이동을 도와주는 휠체어에 시인의 아내는 몇 년을 앉아 있었던 것일까? 그래도 휠체어를 밀고 병원 옥상에 가서 바람을 쏘이기도 했던 시절이 그립다. 아내는 나를 바람 속으로 떠밀고, 육탄 같은 내조를 하고, "그토록 참고" 살았는데 어느 날 아내는 먼 세상으로 가고 아내가 타고 다니던 휠체어만 덩그러니 남았다. 이제는 봄가을 두 차례 아내를 만나러 꽃다발을 들고 찾아간다.

봄가을 두 차례는 꼭

꽃다발 들고 찾아가지만
찬 눈더미 속에 누워 있는 것이
매양 서럽고 원망스러운지
불러도 못 들은 척 토라져
피신한 씨앗처럼 기척도 없다
여보 미안해요
그리웠단 얘긴 천생 내 몫이다
—「남한강 가는 길 토담집 하나」 제2연

아내는 남한강 가는 길에 있는 작은 토담집에 홀로 누워 있고 화자는 서울에서 산다. "여보 (당신 두고 먼저 와서) 미안해요"는 아내의 말이고 보고 싶었다는 말은 내가 마음속으로 뇌까리는 말이 아닐까. "남겨놓은 당신 옆자리 한 평"은 언젠가 내가 들어가 잠잘 곳이다. 그래서 가슴을 쓸어내리며 이런 시를 쓰는 것인가 보다.

밤도 늙으면 흐느끼는가
누구의 막막한 고독이야
아랑곳없이
만 리 밖 신기루 속으로

사라져 간 나의 여인이여

그리움이 눈꺼풀에 감겨
꿈도 꿀 수 없는 밤
이젠 다시 울지 않으려
눈 감아 버려도 거품처럼
죽지 못해 자꾸 사는 밤
–「그리움에 꿈꿀 수 없는 밤」 전문

이런 시를 보니 아내 살아생전에 두 사람의 금슬이 얼마나 좋았을지 짐작이 간다. 화자는 그리움에 잠을 잘 못 이룬다. 눈꺼풀이 감겨 꿈도 꿀 수 없는 어느 밤에 울기까지 한다. 혼자 지새워야 할 또 하나의 밤은 "이젠 다시 울지 않으려/ 눈 감아 버려도 거품처럼/ 죽지 못해 자꾸 사는 밤"인데, 아내와 사별한 지도 어언 11년이 되었다. 이제는 자꾸만 저승에서 재회할 날이 생각나는 것이다. "우리들 영생의 城으로 휘익 – / 귀신같이 날아가리니"(「운하소곡雲下小曲」) 하고 그날을 상상하기도 한다. 어떤 날은 분재한 소나무가 시들시들 시들자 아내를 따라간 것 아니냐고 한탄을 한다. "또 왜 하필 때맞춰/ 훌쩍 아내 따라갔는지/ 한 번도 홀대한 적 없는/ 나를 두고"(「죽은 분재 소나무頌」)라면서. 그리고 이제는 나도 갈 날이 멀지 않았으리라 생각하면서 자식에게 이렇게 말하는 것이다.

> 저승이 어떤 곳인지 몰라도, 평생
> 부질없이 꼭 쥐었던 주먹 쫙 펴고
> 날아갈 듯 가볍게 갈 것 같다
> 내 정신 있을 때 간곡히 부탁한다
> 나 어느 날 끝내 가사 상태에 들 때
> 심폐소생술이나 산소호흡기나
> 대용 식사 주입, 끝없는 연명 행위로
> 작별의 고통 – 억지로 붙들지 말게
> 그래도 나 섭섭할 것 하나 없네
> 생로병사에 감사하며 책임도 지겠네
> –「팔순 낙서八旬落書 - bucket doodie」 부분

낙서라고 했지만 해설자에게는 유언으로 들린다. 책임도 지겠다는 것은 무슨 뜻일까? 하늘 우러러 한 점 부끄러움이 없기를 바랐던 윤동주 같은 염결성일까? 자식

에게 부담을 주지 않겠다는 아비의 결심도 느껴진다.

시의 전반적인 내용은 억지로 생명을 연장하고 싶지 않고, 때가 되면 죽음을 받아들이겠다는 뜻이다. "때 되면 명命대로 조용히 보내주라"고 한 뒤에 화자는 "아비가 한 것이 없는 빈손이라/ 미안하다, 빈손으로 왔다는 핑계"라고 겸손하게 말하지만 빈손이 결코 아니다. 빈손이 무엇인가. 이번 시집을 포함해 열세 권의 시집, 한 권의 시선집, 세 권의 동시집을 낸 서상만 시인이다. 아내를 저세상에 보낸 이후 매년 한 권씩 시집을 냈으니 서상만 시인이야말로 이 시대의 백전노장이요 노익장이요 귀감이라고 아니할 수 없다.

자, 이제부터는 시인의 포항 고향에 대한 노래와 바다에 대한 노래를 들어보기로 하자.

저녁밥 먹어줄 시장기까지
귀에 묻은 말러의 파도 소리까지
나의 총총대던 어린 바다여
바다는 어리숙해도 잘도 자라서
겨울 바윗돌에 눈발 치대도
노을까지 물속으로 끌고 와, 뉘

늙어가는 행동거지 엿보고 있다
나도 게 다리만큼 나이를 먹어
옆구리도 엉금엉금 무거워졌다
그래도 울지 말자 바다 앞에선
내 울음 절반 이상 파도에 섞어
뱃고동 소리로 목 놓아 가며
심심찮게 놀다 가고 싶던 바다
살 만큼 살았으니 감개도 무량
수평선에 소주 한 잔 걸쳐놓고
돌고래처럼 어리광도 부리면서
–「어리숙은 바다」 전문

시인에게 이 바다는 어떤 바다인가. 경상도 말로 '어리숙은' 바다다. 영어의 stupid나 foolish는 부정적인 뜻이지만 한국말 어리석다는 것은 꾀가 적거나 행동이 둔하다는 정도인지라 부정에 긍정이 좀 섞여 들어가 있다. 어릴 때의 화자는 무척 똑똑하고 빠릿빠릿했다. 그런데 게 다리만큼 나이를 먹은 지금, 옆구리도 엉금엉금 무거워지고 말았으니 비애에 사로잡혀 어떤 때는 눈물이 나온다. 그런 때는 수평선에 소주 한 잔 걸쳐놓고 마음을 달래기도 한다.

이 바다가 생활이 해결되는 풍요로운 어장이면 얼마나 좋았으랴. 시장기를 느끼게 하는 망망한 바다다. 또한 “내 울음 절반 이상 파도에 섞어/ 뱃고동 소리로 목 놓아 가며/ 심심찮게 놀다 가고 싶던” 바다다. 수도권이라는 데를 가서 살아도 늘 보고 싶은 바다, 가고 싶은 바닷가임을 여실히 알게 하는 시편이 「어리숙은 바다」다. 이제 부산시 해운대 송정동에 있는 해변, 구덕포로 가보자.

녹슨 철길 따라 피뿌리꽃 둘레둘레
먼 장 여는 사이
열두 살 소년은 활짝 늙어버렸다

폐선이 된 11.3킬로미터 동해남부선
나는 구덕포 해안 돌무덤에 앉아
왜 이리 취객처럼 오래 흔들리나

저 멀리 갈매기 떼 늙은 오후
내 유년의 공복을 알고 있는 듯
수평선을 가르며 부리를 박는다

삶이란 늘 대지르고 들썩여야
아픈 녹을 지울 수 있다고, 파도는
흰 날개를 연신 바윗돌에 치댄다
–「구덕포九德浦」 전문

포항이 낳은 시인답게 '바다시'를 쓸 때 이렇게 명작이 나온다. 포항에서 부산에 온 것이 열두 살 때였는지 모르겠다. 아무튼 시의 화자는 팔순 나이에 구덕포에 와서 회한에 젖는다. 폐선廢線이 된 11.3km 동해남부선은 자신의 인생행로와 다를 바 없다. 화자가 구덕포 해안 돌무덤에 앉아 있자니 취객처럼 오래 몸과 마음이 흔들린다. "내 유년의 공복"은 끼룩끼룩 먹을 것을 찾으며 울고 있는 갈매기 떼의 울음과 일맥상통한다. 파도는 화자에게 무슨 말을 해주고 있는가? "삶이란 늘 대지르고 들썩여야/ 아픈 녹을 지울 수 있다고" 한다. 파도가 왜 계속해서 흰 날개를 바윗돌에 치대고 있는가. 시인은 무모하지만 끊임없는 도전의 정신을 말해주는 파도의 전언을 구덕포에 와서 다시금 듣고서 고개를 끄덕이고 있다.

결코 별이 될 수 없는
돌끼리 귀를 달래는데
왜 이리 처량하기까지
낙산해변 들고 나는, 저
요량 없는 파도 소리
뉘 글썽글썽 눈물 흔적
철썩철썩 지우고 있다
－「하조대 저녁 바다」 전문

하조대는 강원도 양양군 현북면에 있는 해수욕장이다. 시는 아주 짧지만, 풍경화는 낙산해변과 하조대를 다 담고 있다. 돌은 이 지구의 오랜 역사를 말해주고 별은 끝 모를 우주의 역사를 말해준다. 하지만 유한한 인간은 하조대 저녁 바다에 와서 시름에 잠겨 있다. 저 요량 없는 파도 소리가 누가 글썽이는 눈물의 흔적을 지우고 있다고 여겨지는 것이다. 이 하조대 저녁 바다는 내가 없더라도 여전하겠지, 뭐 이런 생각이 드는데 아니 눈물 흘릴 수 있겠는가.

이제 고향인 구만리에 와서 영일만을 노래한 시를 읽어보도록 하자. 시인은 아래 시의 각주에서 구만리를

"호미곶 끝 보리밭 능선이 장관인 작은 바닷가 마을"이라고 했다. 바닷가를 떠나 내륙에서 청춘과 장년기를 다 보내고 고향에 다시 와보니 감회가 남다를 수밖에 없다.

불거진 만灣의 자궁으로
붉은 해가 불쑥 솟고
눈 못 붙인 태풍 갈매기
호미곶串 허리를 휘감네

내 푸른 향수야 늘
등대 길 질러가는 구만리
보리밭을 맴돌지만
—「영일만 1」 제1, 2연

영일만灣은 만이니까 당연히 들어가 있고 호미곶串은 곶이니까 당연히 튀어나와 있겠지만 시인에게는 이것들을 다 감싸고 있는 분월포 앞바다가 고향이나 마찬가지일 것이다. 배 위에서 반생을 보낸 사람이 아니라도 호미곶이 고향인 화자의 푸른 향수鄕愁는 늘 등대 길 가로질러 가는 구만리 보리밭을 맴돌고 있다. 시인의 시비가 세워져 있는 바로 그곳이다.

해넘이 분월포 바다
두런두런 금이빨에 씹힌
노을 녹은 물결 위로
금세 또 달뜨는 영일만
–「영일만 1」 제3연

이 시에서는 영일만이 의인화되어 있다. 저녁노을이 바다 물결에 깔리니 영일만이 금세 또 달뜨는 것이다. 즉, '달 뜨는'이라고 하면 시의 맛이 살지 않는데 '달뜨는'이라고 하니까 시의 맛이 확실히 살아난다. 만년에 고향을 그리워하는 마음을 수구초심首丘初心이라고 하는데 서상만 시인의 경우 수해초심首海初心이다.

천변 벤치에 앉아
흐르는 물소리에
귀를 적시면
묵은 슬픔까지도
저 둔덕 넘어

큰 내에 이른다
억장 같은
생각과 몸은 짐짓
바다에 닿아 있고
–「물소리 억장億丈」 전문

억장이란 아주 높은 데를 가리키는 말이고 '억장이 무너진다'는 말은 몹시 분하거나 슬픈 일로 가슴이 아프고 괴로운 상태를 말하는 것이다. 그런데 왜 하필이면 '물소리 억장'일까? 육지에서 천변의 벤치에 앉아 물소리를 듣고 있자니 묵은 슬픔을 포함한 시인의 마음이 큰 내에 이르고, 마침내 생각과 몸이 바다에 닿아 있다는 것이 이 시의 내용이다. 몸은 육지의 빌딩 숲을 헤매고 돌아다녔지만 생각은 늘 포항 호미곶 구만리 고향을 향하고 있었다는 뜻이다.

서상만 시인이 나이 팔십이 넘다 보니 마음이 많이 약해져 자꾸 죽음을 얘기하지만 일본의 할머니 시바타 도요는 93세 때부터 시를 쓰기 시작해 98세 때 시집을 냈다. 그녀는 아흔세 살이 되던 해, 〈산케이신문〉의 독자투고란 '아침의 시'에 자작시를 투고하기 시작했다. 신문에 투고한 시를 모아 2009년 10월에 자비출판한 시집이 바로 『약해지지 마』로서 처음엔 한정 3천 부였다. 그러나 아흔여덟 살 할머니가 시집을 냈다는 소식이 입소문으로 퍼지자 4개월 만에 1만 부를 돌파하는 이변이 일어났다. 그러자 아스카신사라는 출판사가 시집 내용을 일부 보완해 재출판하기에 이르렀는데 100세 때 100만 부를 돌파하였고 102세 때 영면하였다.

나이는 사실 아무것도 아니다. 이번에 내는 제13시집 이후 14, 15시집이 안 나온다는 법은 어디에도 없다. 이상하게도 우리나라에서는 시인의 요절을 높이 사고 꾸준한 전력투구를 홀대하는 경향이 있다. 『삼국지연의』에 나오는 노장 황충은 전투에서는 진 적이 없었는데 은퇴 이후에 병사하였다. 병이 찾아와서 세상을 하직하는 것이야 어쩔 수 없는 일이고, 시인은 그날이 올 때까지 시를 써야 한다. 아직 이 세상을 향해 다 하지 못한 이야기가 분명히 있을 것이다. 특히 2020년 2월부터 이 세상을 쑥대밭으로 만들고 있는 팬데믹 상황을 고찰한 시는 한 편밖에 보이지 않는다.

코로나를 건너고도

아직은 덜 건너고도 하면서
2021년 가을은 떠나가네
내 생애 오직 한 번의 날들
아무것도 거두지 못한
늘그막 빈손으로 떠나가네
다만 얄궂은 병마가 그렇게
생목숨을 무참히 거둬 가며
우리에게 눈물 뿌려대네
언젠가 어디에 닿으리라는
나의 꿈도 파장이 돼버린
오, 내 사는 방식에도
처방 하나 받아 들지 못하고
아, 아프게 그냥 떠나가네

–「2021년짜리 늙은 가을은」 전문

코로나 사태 발발 이후 제일 서러운 이들이 노년층과 기저질환이 있는 사람들이다. 기저질환이 있는 노인이 코로나19 바이러스에 감염되면 아주 위험해질 수 있다. 이 시는 동년배 사람들의 딱한 처지를 잘 대변하고 있다. 요양원이나 요양병원에서 생의 말년을 보내고 있는 사람도 많은데 병마가 덮치면 얼마나 서럽고 외롭고 괴로울 것인가. 게다가 그렇게 세상을 뜬 이의 가족은 장례식조차 조문객도 없이 황급히 치르는 경우가 많다. 팬데믹 상황 아래서 노인들이 겪고 있는 아픔에 대한 진단과 처방도 서 시인이 앞으로 하기를 바란다. 20세기 말부터 고령화시대로 접어든 우리 사회에서 노인층이 겪는 애환은 시의 소중한 소재가 될 것이다. 노인층에 대한 사회의 편견, 소외감, 고독사, 노인의 사랑과 재혼, 노인의 일자리 등 소재는 많고 많다. 시바타 도요의 시집이 100만 부나 팔린 것은 100세 할머니가 시집을 냈다는 희소성 때문이 아니라 수많은 독자가 그 시집을 통해서 희망과 용기를 얻었기 때문이다. 서상만 시인의 제14시집 출간을 기대하면서 시집 『저문 하늘 열기』에 대한 해설 쓰기는 일단 여기서 멈추도록 한다.